LA ISLA

por ARTHUR DORROS
ilustrado por ELISA KLEVEN
traducido por Sandra Marulanda Dorros

Dutton Children's Books ✦ New York

Library of Congress Cataloging-in-Publication Data

Dorros, Arthur.

[Isla. Spanish]

La Isla/por Arthur Dorros; ilustrado por Elisa Kleven.

p. cm.

Summary: A young girl and her grandmother take an imaginary
journey to the Caribbean island where her mother grew up
and where some of her family still lives.

ISBN 0-525-45422-5 (hc)

[1. Caribbean Area—Fiction. 2. Islands—Fiction.

3. Grandmothers—Fiction. 4. Hispanic Americans—Fiction.

5. Spanish language materials.]

I. Kleven, Elisa, ill. II. Title.

[PZ73.D659 1995]

95-14705 CIP AC

Publicado en los Estados Unidos 1995 por Dutton Children's Books,
una división de Penguin Books USA Inc.

375 Hudson Street, New York, New York 10014

Diseñado por Sara Reynolds

Impreso en Hong Kong

Primera edición en español

10 9 8 7 6 5

Para los abuelos, Sidney y Debbie,
Harry e Irene Dorros, grandes narradores

A.D.

～～～～～～～～～

Para la familia Andersen y para Saren —
y mi más sincero agradecimiento a Diana Tejada

E.K.

Cuando mi abuela, *my grandma*,
me cuenta historias,
podemos volar a cualquier parte.
Hoy me cuenta de la isla,
the island, donde ella creció
y estamos volando juntas.

Viajamos muy, muy lejos
a donde siempre hace calor.
—¡Mira! Mi esmeralda. —me dice mi abuela.
I look. Y veo su isla que brilla
como una joya verde en el mar.
—Aire tropical —dice ella
respirando profundamente.
El aire caliente y húmedo tiene olor a sal.

Volamos sobre bosques, campos y pueblitos
para visitar a mi tío, *my uncle*, Fernando,
a mi tía, *my aunt*, Isabel y a mi prima, *my cousin*, Elena.
Aunque estamos muy alto,

ellos nos ven y nos saludan con la mano.
Tío Fernando es el hermano de mi madre
y Abuela es la mamá de ellos.
Ellos crecieron en la isla.

—¡Bienvenidas! —nos recibe el tío Fernando.

Él y mi mamá, *my mother*, se criaron en esta casa

con Abuela y Abuelo.

Mi abuelo murió antes de que yo naciera.

Ahora el tío Fernando vive aquí con su familia.

Pienso que se parece a mi mamá,

sólo que él tiene barba.

—El osito —lo llama mi abuela, *the little bear*.

Abuela me enseña la casa.

En el cuarto del frente Abuelo y ella

tenían una tiendecita.

En la pared, junto a un cuadro de la tienda,

hay un dibujo del tío Fernando con un pez enorme.

—¡Qué pescado! —me dice mi abuela. *What a fish!*

El tío Fernando lo encontró en un arroyo

y lo trajo a casa para que fuera su mascota.

Abuela le dijo que el pez estaría

más contento en el río.

El tío Fernando se puso triste

cuando tuvo que soltarlo

y por eso Abuela le pintó el cuadro.

—Los niños —*the children*, me dice Abuela,

mostrándome una foto de unos chicos.

Son mi mamá y el tío Fernando

jugando en una fuente.

Abuela y Abuelo la hicieron

con piedras de la selva.

—Es mágica —dice mi abuela.

La fuente de veras parece mágica.

El agua que salpica las piedras

suena como el cantar de los pájaros.

Ahora Abuela me quiere mostrar más cosas de la isla.

Elena dice que se reunirá con nosotras en la playa

más tarde.

—¡Que disfruten! —*Have fun*, nos dice.

—Vamos a la selva —dice mi abuela.

Salimos a la selva de donde son

las piedras de la fuente.

Volamos con loros que

agitan sus alas a nuestro lado.

Las copas de los árboles son como

un jardín colorido, le digo a la abuela.

—Y también parecen una sombrilla —comenta ella.

Abajo está oscuro y fresco.

—Como la noche —*like night*, me dice Abuela.

Pero aún en la oscuridad ella puede atrapar ranas
y lagartijas que corren por las hojas.

Los ojos de la selva están muy abiertos,
y yo los tengo abiertos también.
—Hay mucho más que ver —dice Abuela al despegar.
There is much more for us to see.

Volamos a la vieja ciudad, *the old city*,
revoloteando entre edificios coloridos
y sobre calles de ladrillos azules.
Encima de la plaza, Abuela y yo

hacemos piruetas para la gente
que está abajo.
—Somos unos pájaros grandes jugando —
dice mi abuela sonriendo.

Nos acercamos rápidamente al puerto,
donde hay barcos grandes.
—De todo el mundo —me dice Abuela.

—¡Mira! —Me señala un edificio grande.
Fue hecho por gente española que
llegó a la isla hace cientos de años.

Abuela y Abuelo solían venir
a esta ciudad a comprar cosas para su tienda.
—Ha cambiado —suspira Abuela.
Ahora hay grandes edificios,
estacionamientos y supermercados.
—Vamos al viejo mercado —me dice ella.
Y seguimos, elevándonos sobre las carreteras...

hacia un viejo mercado en el campo.

La gente pregona lo que vende: —¡Plátanos!—

—¡Mangos!— —¡Papayas!— —¡Cocos!—

—¡Piñas dulces! —grita Abuela.

Cuando ella era pequeña, su familia cultivaba
piñas dulces para llevar al mercado.
En el mercado hay mucha gente y hace mucho calor.
En seguida estamos listas para refrescarnos.

—Vamos a nadar —me invita Abuela.

Ella nadaba aquí cuando tenía mi edad.

—Ven —*Come on*. Me toma de la mano

y nos metemos al agua.

Toda clase de peces nos rodean—

peces redondos, peces muy finos,
peces con rayas y peces con lunares.
Abuela salta y se zambulle en el agua también.
—Este es nuestro circo y tú eres mi pez
volador —me dice.

La tía Isabel, el tío Fernando y
mi prima Elena se reúnen con nosotras.
El tío Fernando usa sus gafas de bucear.
La abuela le dice bromeando que
parece una rana de la selva.
Flotamos de espaldas y
el agua se une al cielo.
Podemos ir flotando a cualquier lugar.

Cuando llegamos a casa,

tenemos hambre de tanto nadar.

—Volemos —me invita la abuela. *Let's fly*.

Y volamos a las copas de los árboles

para agarrar mangos maduros.

Las manos se nos ponen pegajosas con el jugo.

La abuela escoge los mangos más maduros

para Elena y para mí.

Haremos una ensalada con los mangos

y otras frutas tropicales.

Le voy a contar a Elena lo que he visto

en su isla.

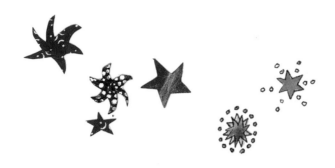

Después de la comida, nos sentamos en el jardín.

Escuchamos el sonido de los pájaros,

de los insectos e incluso de las ranas.

—Nos están cantando —dice mi abuela.

Las plantas a nuestro alrededor

tienen un olor dulce y fuerte.

Es como si el jardín fuera nuestra habitación

y las estrellas, *the stars*, nuestro techo.

—Ya es hora de partir —anuncia mi abuela.

Las estrellas alumbrarán nuestro camino.

Volamos y volamos en la noche
de vuelta a casa.
Al ver las luces de Nueva York

nos parecen miles de estrellas.

—Es mágica —le digo a mi abuela.

—Sí, es mágica —contesta ella.

Después de tanto volar, necesitamos dormir.
Mi abuela me pregunta en qué pienso.
—En la isla —le digo.
—En nuestra isla —me dice.
Y siento que es nuestra isla y
que podemos visitarla cuando queramos.
—Pronto —promete Abuela.